가끔 위험한 남자

가끔 위험한 남자

김용만 시집

도서출판 코레드

가끔 위험한 남자

거미줄은 거미에게
존재의 집이자 세계이며 우주이다.
가끔 위험한 남자는 가끔
거미줄을 박차고 나가
새처럼 날고 싶다.

순간은 영원과 같다.
가끔 위험한 남자는 가끔
관계의 그물망과 인연의 사슬에서 벗어나
순간을 영원처럼, 영원을 순간처럼 사는
자유로운 영혼이고 싶다.

영혼은 바람과 같다.
가끔 위험한 남자는 가끔
불꽃처럼 중력을 거스르는
바람이 되고 싶다.

바람이 불면 꽃씨는
바람의 날개에
온몸을 던져 날아간다.
순간을 영원처럼
불꽃처럼 바람처럼

차 례

제 1 부 순간을 영원처럼

제 2 부   영원을 순간처럼

제 3 부 불꽃처럼 바람처럼

제 4 부 바람처럼 불꽃처럼

가끔 위험한 남자

제 1 부

순간을
영원처럼

사랑과 정情

내가 당신을
아직도 못잊어하는 것은
정情
그리워하는 것은
사랑

정情이 여름날의 소낙비
불타는 사막이라면 사랑은
봄날의 미풍, 가을의 황혼
차라리 겨울의 백설
장미가 정情이라면 사랑은
들국화

첫눈 마주침은 사랑
정情이 한숨과 울음소리라면
사랑은, 별 흐르는 밤
내 베개를 적시는
한줄기의 눈물

아직도 내가
당신을 못잊어하는 것은
정情
그리워하는 것은
사랑

사랑한다는 것은

사랑한다는 것은
가슴 속에 장미 한 송이를
심는 일이다
가시가 가슴을 파고들수록
더 깊이 장미를
끌어안는 일이다

사랑한다는 것은
가시에 찔린 상처의 피로
장미를 기르는 일이다
바람에 스치어 시들면 가슴 깊이
장미를 묻는 일이다

그리하여 그 무덤의
흙이 되는 일이다
풀이 되는 일이다, 꽃이 되는 일이다
사랑한다는 것은

바람이 나무를 떠날 때

바람이 나무를 떠날 때는
이유를 남기지 않는다
다만 바람이 나무를 떠난 뒤에는
갈증이 남는다

바람이 치맛자락을 스치고 간 자리에
옹이가 패이고
옹이는 갈증을 먹고 자란다

목이 마른 나무는 팔을 흔들어
바람의 끝자락을 붙잡으려 하지만
바람은 이미 치마폭을 여미었다

어느새 옹이는
목마른 입술을 빈 하늘에 적시고,
또 하나의 바람이 마지막 잎사귀를
흔들고 있다

그대 떠나도 우린 이별한 게 아니다

가라, 그대여
나를 떠나더라도 같은 별에 있다면
우리는 이별한 게 아니다
그대 가더라도 내가 남아 있다면
우리는 이별한 게 아니다

우리 늘 그랬듯이, 불그레한 저녁
촛불을 들고 서산을 넘어가는 수줍은 새악시를
기도하는 마음으로 바라볼 수 있다면
우린 아직 이별한 게 아니다

까닭도 없이 온종일 비가 내리는 오후
우리 그랬듯이
그냥 들길을 걷다가 등이 굽은 소나무 아래서
전생이 철학자였을
늙은 소의 커다란 눈을 바라볼 수 있다면
우리는 이별한 게 아니다

살랑거리는 강가에 앉아
물풀을 헤집고 숨바꼭질하는 물고기들을
우리 늘 그랬듯이

가슴에 뜨거운 물을 머금고 바라볼 수 있다면
우린 아직 이별한 게 아니다

언젠가 그대가 우리의 별을 아주 떠나더라도
그대 귓불에 남아 있을 내 젖은 숨결과
늙은 소의 커다란 눈을 함께 바라보던 내 눈동자를
그대가 기억할 수 있다면,
바위처럼 산에서 굴러내려와 그대 가슴에 부딪치던
내 심장의 고동소리를 그대가
그대가 마지막 순간에 기억할 수만 있다면
우린 정녕 이별한 게 아니다

그대 나를 떠나더라도
나를 떠나도 다시 누군가를 사랑할 수 있다면
우리는 이별한 게 아니다

시월에 나무는

나무는 때로
가지를 부러뜨리고 싶다
손을 잡아끄는 바람의 유혹에
팔을 잘라서라도 떠나고 싶다

떠나면 무덤이지만
목을 꺾고서라도 나무는
바람과 함께
가고 싶다

삽삽한 바람이
겨드랑이를 스치는 지금
시월이기 때문이다

삶

새는 우는 것이 아니다
노래하는 것이다
네가 외롭다고 울고 싶다고
새가 운다고 하지 마라

지상에 남겨진 단 하나의 이유는
새처럼 노래하는 것
노래가 끝나면 꿈을 꾸러
별들에게로 돌아가리니

코스모스에게

사랑한다는 것은
사진을 찍는 일이다
얼굴만 클로즈업하는 것이 아니다
광각렌즈로 너의 온몸을
기록하는 일이다

사랑한다는 것은
너를 내 안에 가두는 것이 아니다
떨어져서 너의 전부를 바라보는 것이다
너의 새끼발가락 그림자까지도
내 카메라에 담는 일이다

사랑한다는 것은
내 그림자와 너의 그림자가
서로를 바라보는 일이다
오래도록 서로의 그림자를
기억하는 일이다

한 줄기의 아침햇살이
천년 묵은 어둠을 쓸어내고, 퍼렇게 멍든
먼지까지도 빛나게 하듯

카메라 플래시 불빛으로 너의 그림자를
지우는 일이다

사진을 찍는다는 것은
사랑한다는 것이다
셔터를 눌러 너를 찰칵
내 가슴에 새기는 일이다
삶과 죽음의 갈림길에서 숨을 멈추고 너를
기다리는 일이다
너를 너대로 너를 그대로
바라보는 일이다

바람

누군가가 나를 키운 건
팔 할이 바람이라고 했다
저 언덕에 서 있는 나무를 키운 것은 누구인가
팔 할이 바람이다

바람은 천사의 잠을 깨우듯 입술을 열어
나무의 속눈썹을 밀어 올린다
바람에 취해 나무는 팔을 흔들어 춤을 춘다
때로 바람은 치맛자락으로 나무의 손목을 휘감아
시월의 숲으로 떠난다

바람은 갈증이다
나무가 하늘에 오르고 싶은 욕망을 갖게 하고
머리를 풀어 그 하늘을 향해 몸부림치게 하는 깃발
그것은 바람이다

스무 살이 되었을 때 나무는
새가 되고 싶었다, 새가 되어
벽 없는 하늘, 궤도 없는 하늘을
한없이 날고 싶었다
신들의 정원을 유랑하는 구름들과 숨바꼭질하면서

겨드랑이에 숨겨둔 칼을 버리고 싶었다
바람이 유혹하는 대로 다 벗어버리고
중력의 무게를 잊고 싶었다

지천명을 넘긴 시월
오늘도 나는 바람맞이 언덕에
홀로 서 있다

나무가 고독을 견디는 법

가지 끝에 매달린
외로움을 견디기 위해 그는
숲으로 갔다
줄기를 타고 스며드는
고독을 견디기 위해 그는
신을 찾아갔다
뿌리에서부터 뼛속 깊이 파고드는
외로움을 견디기 위해 그는 결국
그에게로 돌아왔다

자신의 얼굴을 마주하고서야 그는
뿌리로부터 오는 외로움을 껴안고
숲의 얼굴들과 얼굴을 부비고
신과 대화하는 법을 배웠다
자기의 심장을 꺼내보고서야
그는 알았다, 그의 영혼이
이름 없는 풀들과 풀벌레들과
풀벌레는 꽃들과 나무들과
나무는 새들과 새는 신들과
한 줄기 바람으로 이어져 있음을

자신의 눈을 깊이 들여다보고서야
그는 알았다, 고독이 만다라가 되기 위해서는
하나로 이어져 있는 모든 것들에 하나씩
눈길을 주어야 한다는 것을
바람이 전하는 풀들과 풀벌레들의 말에
꽃들과 나무들과 새들의 이야기에 단지
귀를 기울여야 한다는 것을

동백

백련사의 동백은
두 번의 생을 꽃피운다
하루는 나무 위에서
또 하나의 하루는 땅 위에서

오동도의 동백은
두 번의 죽음을 불태운다
하룻밤은 나뭇가지 끝에서
또 하나의 밤은 바닷물결 속에서

두 개의 삶과 두 번의 죽음은
바람으로 하나다
낮과 밤처럼 하나의 생이다

두 개의 삶과
두 번의 죽음에 모두
빛이 내린다
해가 선물한 달빛과 별빛이
달과 별이 입맞춤한 햇빛이
바람을 껴안고 낙하한다

바람이 땅과 바다에 심은 동백은
빨갛게 웃는다
비로소 꽃이 되는 것이다
불꽃처럼 바람처럼

나만 모른다

동백꽃 한 잎이 떨어지면서 하는 말을
이제 막 눈을 뜬 제비꽃이 듣는다
그때 서쪽 하늘에서 유성 하나가
온몸을 불태워 빗금으로 보내는 메시지를
삼월의 목련이 읽는다
라일락은 향기로 답한다

지난여름 폭우가 침입해 왔을 때는
키 큰 나무들이 서로 몸을 부딪쳐
우우 공습경보를 발령했다
개미 부족은 서둘러 이웃마을로 귀성을 하고
떡갈나무 잎들은 온몸으로
비 막을 채비를 하고 있었다

돌들은 천 년 동안 결가부좌하고 앉아서
이 모든 숲의 역사를 배꼽에 새긴다
그래서 잠이 덜 깬 얼굴로 일단
고개를 쑥 내밀고 보는 철없는 꽃대들에게
숲의 이야기를 하나씩 들려준다

숲에서는 숲의 언어로
재잘재잘 조졸조졸 속삭속삭
모두가 저마다 한통속인데
서로서로 오고가며 주고받는 숲의 말들을
돌들이 들려주는 숲의 이야기를
주인 모자를 쓴 나만 모른다

빛의 모음과 바람의 자음으로 엮어진
불의 씨줄과 얼음의 날줄들로 직조된
숲의 언어를
문명의 언어로만 말하는
나만 모른다
바람이 가르쳐준 숲의 언어를
숲에서는 모자를
벗어야 한다는 것을

바람이 불면 당신이 보입니다

하루에 열두 번씩 생각나는 사람은
풋내기 사랑입니다
하루에 한 번도 생각나지 않는 사람은
잊혀진 사랑입니다
눈을 감으면 생각나는 사람은
꿈속의 사랑입니다
눈을 감아도 생각나지 않는 사람은
보이지 않는 사랑입니다
꽃잎을 볼 때마다 생각나는 사람은
풀잎 사랑입니다
낙엽이 흩날릴 때마다 생각나는 사람은
허무한 사랑입니다

이 모든 사랑 안에 당신은 없습니다
그래서 나는 당신에게
사랑한다고 말하지 않습니다
다만 당신을 봅니다

바람의 치맛자락이 코끝을 스칠 때마다
바람의 숨소리가 귓가를 서성일 때마다
바람이 천 개의 잎을 흔들어 종을 칠 때마다
나는 당신을 봅니다

당신을 볼 때마다 바람이 보입니다
바람이 불 때마다 나는 당신을 봅니다
지금 바람이 붑니다
내 안에서 천 개의 방울종이 울립니다

마지막 장면

생의 마지막 순간에는
한평생이 주마등처럼 펼쳐지는 것이 아니다
오직 한 장면만이 눈앞에 나타난다
입안에 담고 차마 말하지 못한 고백의 언어
가슴을 열고도 안아주지 못한 사랑의 포옹
부질없이 차갑게 대했던 일
스스로 키워 왔던 고집스러움

눈을 감는 최후의 찰나에 떠오른 이 장면은
한평생 쌓인 고통의 무게보다 더 아플 것이다
눈앞에 서 있는 죽음보다도 더 무서울 것이다
마지막 순간에 이 장면이 떠오르지 않도록
몸부림쳐도 이젠 어찌할 수 없는 그 장면이
아직 살아 있는 순간 내게 오지 않도록
지금 너에게로 간다

나이 듦에 대하여

나무는 오래 살아도
늙지 않는다, 아름다워지는 것이다
나이테 속에
첫날 아침 새순을 밀어올린 바람을
기억하고 있기 때문이다

나이 들어도 사람은
늙지 않는다, 아름다워지는 것이다
심장 속에
한 올의 실바람에도 온 밤을 태우는
첫사랑의 불씨를
품고 있기 때문이다

아직 불씨가 남아 있는 나무 아래서
나는 바람에 취해
너를 안고 나이테를 감아 간다
바람이 그치면
유성처럼 스스로 불태워지는
꽃이 될지니

오늘

비바람을 맞으면서도 오늘
저 코스모스가 활짝 웃고 있는 건
오늘보다 나은 내일은 없다는 것을
알고 있기 때문이다
어제보다 아픈 오늘은 아니라고
믿기 때문이다

내일 비가 그치고
무지개가 뜬다 할지라도 꽃은
오늘 웃는다
어제 그랬던 것처럼
내일을 기다리지 않고
오늘 하루만 핀다

하루는 오늘뿐이다
그래서 저 코스모스는
지금 웃는다

첫눈

그해
첫눈 오던 날
너를 만나
첫눈에 반했지
그 후론 해마다 습관처럼
첫눈이 내려

이제는
운명이 되어버린,
날마다 첫눈이 내리고
첫눈에 반하는
습관

너를 볼 때마다
내겐 첫눈이 내리고
나는 지금
너를
보고 있어

벌렁벌렁

창문 너머로
양재천 개나리를 바라보면서
너는 내게 말했지
해마다 이맘때가 되면 가슴이
벌렁벌렁한다고

그 후론 해마다 사월이면
네 눈가엔 노오란 개나리가 피고
내 가슴엔 빠알간 장미로 피어났지
그해 사월의 벌렁벌렁으로
너는 살아가고
나는 사랑했지

살아간다는 것
사랑한다는 건
예고된 이별들을 견딘다는 것
시간의 죽음들을 지켜보는 것

지금쯤 초로에 서 있을
너에게 묻는다
지금도 사월이면 눈동자에
노오란 개나리가 피는지
지금도 사월이면 가슴이
벌렁벌렁하는지

삶은 계란이다

삶이란 무엇인가
삶은 계란이다
길둥그렇다
바람에 상처를 입어도
흰 자아와 노란 영혼은
깨어지지 않는다

껍질이 깨져도
그 사람의 몸속에 들어가
뼈와 살이 되기까지는
순백의 순결과 금빛 영혼이
부서지지 않는다

살아간다는 건 사랑한다는 것
바람에 할퀴어 껍질이 벗겨지면
저 혼자 알몸으로 빛나는 것
삶은 계란이다

홍시

덜 익은 감이 떫듯이
설익은 사랑은
쓰고 아프다

감은 촛불처럼 익어간다
단단한 자아를 스스로 허물어
무르도록 익어간다
감은 익어서 홍시가 되고
사랑은 다 익으면
이별이 된다

완성되지 않는 것,
완전할 수 없는 것을 우리는
사랑이라 말한다
그래서 사랑은 익어갈수록
쓰고 아프다

오늘도 나는
너를 사랑이라 부른다
설익어 떫을지라도 나는
내 앞에 있는 네가
그립다

저 새는 알고 있다

옹이

시를 위하여

너는 바람 나는 나무

언젠가는

종

저 돌 이 꽃 그 바람

단풍

바람이 너를 흔들 때

오십견

꽃말

누가 너를

세 사람의 대화

그 밤에 가고 싶다

삶은 의미하는 것이 아니라 음미하는 것

만일 내게 또 한 번의 생이 주어진다면

가을이 아름다운 것은

다시 십이월

바람에 흔들리는 것은 모두 꽃이다

가끔 위험한 남자

제 2 부

영원을
순간처럼

저 새는 알고 있다

나무는 저 새가 어젯밤
누구의 둥지에서 잠을 잤는지 묻지 않는다
지금 저의 가지 끝에 앉아서
겨드랑이를 간질이는 새가 마냥
경이롭기만 하다

너를 영원히 만나기 위하여
나는 너의 모두를 가지지 않는다
너를 영원히 사랑하기 위하여
나는 너의 전부를 알려고 하지 않는다

너의 모든 것을 알고 그리하여
알고 싶은 것이 남아 있지 않을 때
나는 이미 너를 사랑하지 않는다는 것을
저 새는 알고 있다

우리가 서로에게 질문할 것이 없어질 때
우리를 둘러싼 숲의 바람을,
우리를 이 숲에 함께 있게 한 그 바람을
이제는 함께할 수 없다고
오늘 저 새가 가르쳐 주었다

내가 누구인지 알기 위하여
지금 나는 너에게로 간다
내가 살아 있다고 믿기 위하여
지금 나는 너를 안는다

옹이

나무는 지나가는 바람에게
잎을 흔들지 않는다
머물지 않는 바람을
붙잡지 않기 위하여 나무는
스스로 잎을 꺾는다

나무는 다만 떠나는 바람을
붙잡다 제 불에 덴 상처를
심장에 묻고 이름한다
한때는 꽃이었다고, 불이었다고
지우지 않을, 지워지지 않을
붉은 입술이라고

시를 위하여

한 알의 시어를 얻기 위하여
나는 그대의 입술에 불을 붙였다

한 줄의 시구를 구하기 위하여
나는 그대의 나목을 불태웠다

한 편의 시를 완성하기 위하여 나는
떠나는 그대의 손을 붙잡지 않았다

또 하나의 시를 줍기 위하여 나는 다시
그대에게로 난 길을 걸어가야 한다

너는 바람 나는 나무

스쳐 지나간 바람은
다시 돌아오지만
머물다 떠난 바람은
돌아오지 않는다
너는 나를 스치듯 머물다
머물 듯이 스치고 떠나갔다

이젠 네가 보이지 않지만
나는 너를 언제나 볼 수 있다
보이는 것은 눈을 떠야 보이지만
보이지 않는 것은 눈을 감으면
볼 수 있기 때문이다

눈을 뜨면 보이지 않는
너를 보기 위하여
나는 지금
눈을 감는다

언젠가는

언젠가는, 언제인가는
순간이 영원이 되는 때가 온다
사랑한다고, 사랑했다 말하고 싶어도
미안하다고, 고마웠다 말하고 싶어도
이젠 어찌할 수 없게 되는
순간이 온다

몸부림치고 발버둥쳐도
순간이 영원이 되는 순간이 온다
언젠가는 언세인가는,
그때가 먼 훗날이 아니다, 내일도 아니다
오늘이다

몸부림치는 그 순간이 오기 전에
지금 너에게로 간다

종

나에게는 종이 있다
너에게도 종이 있다
나무에게도 바람에게도 별들에게도
그 숨 속에는 저마다의 종이 있다

너의 종을 울리기 위해 그리하여
너의 종이 떨림이 다시
나의 종에 닿기를 기도하면서 나는
나를 흔들어 종을 울린다

너로부터 울림은 돌아오지 않는다
소리만 너를 향해 달려갔을 뿐
울림이 너의 종에 닿지 않았기 때문이다
나의 종이 너의 종을 울리지 못한 까닭이다

파도는 한 알의 모래를 잠에서 깨우기 위해
천길 깊은 바닷속에서 종을 울린다

다시 너에게 종을 울린다
영혼을 부딪쳐서
천길 깊은 울림으로 나는
너의 이름을 부른다

저 돌 이 꽃 그 바람

내가 바라보고 있을 때
본시 꽃이었던 저 돌은 다시
꽃이 된다
내가 숨을 그치면
이 꽃은 다시 돌이 되고
내가 숨쉬고 있을 때 꽃이었던 저 돌은
내가 이곳을 떠나면 너에게
꽃이 된다

바람이다, 내가 이곳에 있을 때
저 돌을 꽃이 되게 하고 그리하여
내가 이곳을 떠난 후에도 너의 가슴을
꽃으로 피어나게 하는 것
그것은 바람이다
내 가슴 속에 들어왔다가 그 꽃을
너의 심장에 옮겨 심은
그 바람이다

단풍

해마다 시월에는
내장산에 불이 난다
사람들은 불구경을 가고
불구덩이에 빠져 죽고
그래서 가슴에 불덩이를 품고
낯선 집으로 돌아온다

해마다 시월이면
나도 내장산에 가서
불구덩이에 들어갔다가
온몸을 불태우고는
불덩이를 품고 돌아와
낯선 방에서 너를 불태운다

사랑아,
너를 불태우기 위하여
나는 지금
불구덩이에 빠진다

바람이 너를 흔들 때

나무가 바람에 흔들리는 건
나무가 바람의 저고리를
풀어헤쳤기 때문이다

바람이 너를 흔드는 건
네가 바람의 치맛자락을
붙잡았기 때문이다

새는 바람을 붙잡고 날지 않는다
앞가슴을 열고, 뼛속을 비우고
날개를 바람에 맡기는 것이다

오십견

내 나이 쉰 세대,
반백년의 전쟁으로 배는
배부른 부르주아가 되고 가슴은
배고픈 프롤레타리아가 되었다

너무 많이 가진 것들로 배는
산봉우리가 되고
본시 제 속에 있던 것들을 죄다
배로 밀어낸 탓에 가슴은
빈 벌판이 되었다

가슴을 채우고 있던 천 개의 종을,
두근반의 두근거림과 서근반의 설렘을
쉰 해 동안 배로 밀어내느라 어깨는
오십견이 되었다

이제는 뱃살이 되어버린 것들
전쟁터에서 가슴이 잃어버린 것들
설렘과 두근거림의 파편들을 다시
가슴에 담고 싶다, 그리하여
은밀하게 설레는 바람으로 가슴을
쿵쾅쿵쾅 일렁이게 하고 싶다

바람이 일렁이면
가슴 속에 다시 매단 천 개의 방울종을
일시에 울려
잠자는 천억 개의 세포를 깨우리라

꽃말

혀를 휘두르면 칼이 되고
입술을 오므리면 꽃이 된다
오늘 아침 당신이 비수처럼 던진 말은
한 송이 꽃이었다
저녁에 내가 당신에게 주는 말도
한 다발의
꽃이었으면 좋겠다

누가 너를

누가 너를
땅에 떨어진 꽃이라 했느냐
누가 너를
버려진 꽃이라 말했느냐
누가 너에게
이젠 시들어 흙이 될 거라고 했느냐

무릎을 꿇고
두 손으로 감싸 안으면
너는 다시
꽃이 되는 것을

입술로 문을 열어
내 가슴 속에 심으면
너는 나의
꽃이 되는 것을

그리하여 비로소
내가
꽃이 되는 것을

세 사람의 대화

페르시아 시인 루미는 이렇게 썼다
눈먼 자들의 시장에서 거울을 팔지 말라
귀먹은 자들의 시장에서 시를 낭송하지 말라 *

서울에서 자칭시를 쓰는 나는 이렇게 말한다
눈감은 자들의 시장에서 거울을 팔지 말라
귀막은 자들의 시장에서 시를 낭송하지 말라

바람의 찻집에서 류시화 시인은 이렇게 답하지 않을까
눈먼 자들에게도, 눈감은 자들에게도 거울을 팔아라
귀먹은 자들에게도, 귀막은 자들에게도 시를 낭송하라

눈먼 자도 눈감은 자도, 귀먹은 자도 귀막은 자도
그들에게 볼 눈과 들을 귀가 있다는 걸
잠시 잊고 있었을 뿐이니까

무엇보다도 시는 시인의 언어가 아니니까
사물들이 전하는 신의 암호를 단지 시인이
눈으로 열고 귀로 풀어 은유했을 뿐이니까

신의 암호를 해독한 은유의 침술로

눈먼 자와 눈감은 자들의 눈을 뜨게 하고

귀먹은 자와 귀막은 자들의 귀를 열게 해야 하니까

* 류시화 시인이 〈시로 납치하다〉에서 소개한 페르시아 시인 루미의 시구

그 밤에 가고 싶다

밤은 밤인데 어디에도
밤이 보이지 않는다
지구성은 불야성이다, 그래서
별들도 빛을 잃었다

행성 어딘가에 밤이 있다면
그 밤에 가고 싶다
무   로 채워진 밤, 그래서 내가
오롯이 한 개의 점이 될 수 있는

그 밤에 가고 싶다
그 한 점의 별이
끝없이 팽창한 무無가 되어
너를 온전히 안을 수 있는

삶은 의미하는 것이 아니라 음미하는 것

나무는 태어나면서 자신의 이름을 모른다
이름이 무엇인지 바람에게 묻지도 않는다
다만 잎이 피어날 때마다 잎사귀에다
한 잎 한 잎 저마다의 이름을 새긴다

생의 의미를 찾아 눈을 번득이는 나에게
나무는 소리 없는 숨결로 말한다, 우리는
무슨 의미를 이마에 새기고 태어나지 않는다
그러므로 존재하지 않는 의미의 감옥에
자신을 가두려고 피눈물을 흘리지 마라
살아있는 동안 살아있음을 온몸으로 느끼고
살아있는 순간순간에다 한 잎 한 잎
스스로 의미를 새기라

삶에 의미가 있다면, 살아 있다는 것
지금 이 하찮은 순간 여기에 서 있음을
들숨의 리듬과 날숨의 멜로디로 노래하는 것
방금 새로 돋아난 잎사귀에 바람의 붓으로
나의 이름을 새기며 걸어가는 것, 삶은
의미하는 것이 아니라 음미하는 것

만일 내게 또 한 번의 생이 주어진다면

만일 내게 또 한 번의 생이 주어진다면
내게 한오백년 더 생이 이어진다면
오늘 누군가를 그리워하지 않을 것이다
지금 너를 사랑하지 않을 것이다
내일이 있으니까, 다음 생이 있으니까
사랑 세포도 게으른 잠이 들 테니까

오늘 아침 잠에서 깨기도 전에
이마를 스치는 바람에게서 들었다
다음 생은 없다고, 한오백년 같은 건
우주의 율법에 적혀 있지 않다고
그 법칙은 나에게도 똑같다고,
오늘 아침 바람이 내 뺨을 후려친 순간
온몸의 세포가 살아나 내게 소리쳤다
지금 당장 너에게로 달려가라고

나는 눈을 비비고 일어나 문을 열고
너에게로 가는 숲길을 걸어가고 있다
오솔길을 지나 개울물 소리를 들으면서
쓰러진 통나무와 가시덤불을 헤치고
이제 저 언덕을 넘으면

초롱이 걸려 있는 오두막이 보일 것이다
그곳에 네가 있을 것이다
숲길을 지나오는 동안 목젖까지 차오른
그리움의 끝에 네가 서 있을 것이다

삶이 한 번뿐이라는 것은 얼마나
다행한 일인가
적어도 두 번씩이나 죽지 않아도 되니까
삶이 짧다는 건 얼마나 고마운 일인가
눈을 뜬 채 한오백년 동안
서서히 죽어가는 나를 보지 않아도 되니까
삶이 한 번뿐이고, 짧은 끝이 있다는 건
얼마나 행복한 일인가
온몸의 세포를 깨워 온종일 너를
그리워할 수 있으니까

가을이 아름다운 것은

가을이 아름다운 것은
단풍이 빨갛게 불타기 때문이 아니다
가을이 아름다운 것은
귀뚜라미가 울기 때문이다
칠월에 들녘에서 울던 귀뚜라미가
시월에는 내 안에서 운다

가을이 아름다운 것은
가을이 생각하는 계절이기 때문이다
귀뚜라미가 울리는 종소리를 듣고
내 눈을 들여다보는 계절이다

가을이 아름다운 것은
가을이 떠나는 계절이기 때문이다
가을은 나를 만나기 위하여
너에게로 가는 계절이다

다시 십이월

십이월이 내게 왔다
작년 십이월에, 십이월 지금에
다시 십이월이 와서 너를 보려면
한 개의 바다를 지나야 한다고
강을 네 개나 건너야 한다고
달을 열두 번이나 그렸다 지워야 한다고
다시 십이월은 너무 멀리 있다고
너에게 말했었다

십이월이 다시
서산 너머로 사라졌던 십이월이
수평선 너머에 웅크리고 있던 십이월이
비틀거리는 오후처럼 내게로 왔다
오늘 다시 온 십이월을 우물쭈물 보내고
다시 열두 개의 달을 눈 쌓인 별호수에 굴리고
삼백예순 개의 불덩이를 바닷물에 씻기우고
다시 십이월이 와서, 십이월이 내게 와서
두근거리며 내려오는 첫눈처럼
너를 다시 볼 수 있을까

바람에 흔들리는 것은 모두 꽃이다

풀꽃, 너는 꽃이 아니다
그래도 꽃인 것처럼 바람에 흔들린다
풀꽃, 너는 이름이 없다
그래도 꽃인 것처럼 노래한다

꽃은 안에 빨간 망울을 품고 있어서
바람에 흔들리는 거다
너도 가슴 속에 붉은 멍울이 있어서
바람에 흔들리는 게다
꽃망울이거나 피멍울이거나
안에 울음을 품고 있는 것은 모두
바람에 흔들린다

사람들은 망울이 있는 것은 꽃이라 말하고
멍울이 있는 것은 이름을 불러주지 않는다
망울이거나 멍울이거나
바람에 흔들리는 것은 모두 꽃이다
바람에 흔들리지 않는 것을 어찌
꽃이라 부를 수 있으랴

바람에 흔들릴 때마다 너는
너의 이름을 노래한다
바람이 일 때마다 나는 너를
꽃이라 부른다, 너의 이름을 부른다
그리하여 너는 나의 꽃이다

제 3 부

불꽃처럼
바람처럼

기억

사랑한다는 것은
징검다리를 건너듯 한 걸음씩
그 사람을 알아가는 것
내가 그 사람에 대해 아는 게
하나도 없다는 걸 알게 될 때까지
내가 그 사람과 같아져서
내가 누구인지 모르게 되듯이

사랑한다는 것은
잔물결이 모래알을 더듬듯
손가락 한 마디씩 그 사람을 느껴가는 것
그를 꼬집으면 내 볼이 아플 때까지
그 사람과 하나 되어져서
내가 어디 있는지 알 수 없게 되듯이

누군가를 사랑한다는 것은
그 사람 안에서 나를 만나는 것
그래서 내가 누구인지
어디에 있는지 잊게 되었을 때
그것들을 기억해내는 것

나쁜 놈

중학교 2학년 때였다
친구가 내게 말했다
어느 여학생에게 사랑이 뭔지
기껏 가르쳐 주었더니
사랑을 찾아 떠나버렸다고

친구에게 내가 말했다
어떤 여학생이
사랑이 뭔지 배웠으니 이젠
그걸 한번 실험해 보고 싶다며
내게로 왔었다고

여학생에게 내가 말했다, 사랑은
가르치고 배우고 시험하는 게 아니라고
그냥 하는 거라고
지금 앞에 있는 사람을 그저
안아주는 거라고,
내가 지금 네 앞에 있다고

산다는 것

살아간다는 것은
추억을 쌓아가는 일이다
어제의 추억으로
오늘을 견뎌내는 일이다

사랑한다는 것은
그리움을 새기는 일이다
내일의 그리움으로
오늘을 살아가는 일이다

산다는 것, 사랑한다는 것은
어제의 추억이 내일의 그리움이 되고
그리움이 다시 추억이 되는 일이다
오늘 추억을 쌓는 일이다
지금 그리움을 새기는 일이다

너였다

네가 내 앞에 있을 때 나는
꽃을 보듯 너를 보았다
꽃이 내 앞에 있을 때 나는
너를 보듯 꽃을 보았다
꽃에게 말을 거는 건
내 안의 나였다

눈을 뜨고 있거나 감고 있거나
언제나 나는 꽃을 본다
눈을 뜨고 있을 때 나는
내 앞의 꽃을 본다
눈을 감고 있을 때 나는
꽃을 내 안으로 들여온다.

언제부터인가
꽃과 말을 나누는 건 내 안의
내가 아니었다
나를 온통 차지하고 있는 건
바로 너였기 때문이다
내 안의 나는 내 안의
너였다, 꽃이었다

주기도문

하늘에 계신 우리 아버지
이제 이 땅에 내려오소서
아버지 이름이 새겨진 궁전 지붕이 아닌
여기 거친 풀밭으로 내려오소서
내려오셔서 무엇보다도 먼저
아버지의 이름으로 행해지고 있으나
아버지의 뜻이 아닌 이 땅의 모든 역사에서
아버지의 이름을 쓰지 말라 하소서
그리하여 아버지의 진짜 이름이
거룩히 빛나게 하소서

아버지의 이름으로 기도하는 자들이
우리라는 우리를 만들어
우리 안의 자신들은 아버지의 편이라 말하고
우리 밖에 있는 이웃들을 악의 무리라 불러서
아버지를 자신들만의 우리 안에 가두지 않도록
아버지의 이름으로 기도하여 주소서
지천에 널려 있는 이름 없는 잡초들에게
일일이 이름을 불러주시고
바람에 상처 입은 이파리들을 어루만져 주소서
아버지의 이름으로 기도하는 자들에게,

아버지가 만든 풀밭을 짓밟아놓고도
모든 것이 아버지의 뜻이라 말하는 자들에게
아버지는 지금 하늘에 있지 않으니
이제부터는 이웃의 이름으로 기도하라 명하소서

하늘에 계신 우리 아버지, 이제는
이 땅에 내려오소서
아버지의 깃발이 걸린 궁전 지붕으로 오시지 말고
여기 상처 입은 풀밭으로 내려오소서
아버지의 동산에 선악과나무를 심으시어
지혜의 눈과 욕망의 혀를 우리에게 주신 아버지
아버지의 뜻이 하늘에 있지 않고
아버지의 이름을 내건 궁전 지붕에 있지도 않고
바람에 흔들리는 무명의 풀들 속에 있음을
우리가 깨칠 수 있도록
여기 짓밟힌 풀밭으로 내려오소서
지금 내려오소서

하루살이

딱 한 번뿐인
이 세상에 태어나
너와 함께
사랑시 한 편 쓰는 것밖에
해야 할 일이 무엇이겠는가

딱 오늘 하루만
이 지상에 머물 수 있는데
너와 함께
사랑노래 한 곡 부르는 것밖에
할 수 있는 일이 무엇이겠는가

딱 한 번뿐인 것을
오늘뿐인 것을
너를 안고 있는 지금뿐인 것을

백년의 하루를 살면서
천년의 사랑을 꿈꾸는 자여
하루살이는
하루를 살면서 천년의 사랑을
노래하리니

목숨 걸다

사소한 것에 목숨 걸지 말라고
누군가가 말했지만
한 목숨 걸지 않고서
한 송이 꽃을 바라볼 수 있겠는가

한 영혼을 바치지 않고서
한 송이 꽃향기를 맡을 수 있을까
생사를 걸지 않고서야
그 꽃을 떠날 수 있겠는가

목숨을 걸고
네가 내게로 다가왔을 때
나는 혼을 바쳐
너의 향기에 취했다

낙엽연가

나 흙으로 돌아가리라
언젠가 바람이 나의 창문을 두드리면
바람 따라 흐르다 땅에 떨어져
그대의 꽃밭 무덤가에
한 줌 흙이 되리라

나 흙으로 돌아가리라
흙이 되어 물 따라 흐르다
바람이 손짓하거든
그대가 바라보는 창가에
한 송이 백합으로 피어나리라

나 흙으로 돌아가리라
가서, 말하리라
지구별에서는 사랑밖에 할 게 없었다고
한 사람을 사랑하는 일 말고는
아무것도 할 게 없었다고

갈대의 노래

파스칼이 팡세에게 말했다, 인간은
생각하는 갈대라고
팡세가 파스칼에게 말했다, 사람은
바람에 흔들리는 갈대라고
흔들리지 않으면 생각할 수 없다고
바람에 흔들리지 않으면 갈대는
저 혼자 일어설 수 없다고
흔들리지 않는 갈대는 이미 꺾인 갈대라고
생각하지 않는 갈대는 이미 누운 갈대라고
갈대는 저를 흔드는 바람으로 노래한다고
바람이 불어오지 않으면
갈대가 바람을 불러올 거라고

동전 한 닢

- 삶과 죽음의 대화 -

삶이 죽음에게 말한다
나는 살아 있다
네가 있어 내가 산다

죽음이 삶에게 말한다
나도 살아 있다
네가 있어 나도 산다

삶과 죽음이 말한다
우린 서로의 몸 속에 산다
우리는 동전 한 닢이다

나무가 바람을 만날 때

나무는 서로 떨어져 있어야
숲을 이룰 수 있다
떨어져서 서로를 바라보아야
바람을 부를 수 있다
같은 언덕에서 떨어져 서 있어야
바람이 우리를
한 몸으로 안아줄 수 있다
바람이 흙 속에 내준 숲길을 따라
나의 실핏줄이 너의 뿌리에
가닿을 수 있다
뿌리 속 깊은 강을 흘러서 나의 피가
두근거리는 손으로
네 심장의 문을 두드릴 수 있다

강물이 바다에 드는 법

강물은 강둑을 보고서야
자신이 흘러가고 있음을 안다
강물이 바다에 이르는 환희에 들려면
흘러가면서 강둑을 쳐다보지 말아야 한다
강둑에서 들려오는 휘파람 소리에 귀를 세워서도 안 된다
강둑에서 손짓하는 깃발에 춤을 추어서는 안 된다
강둑에 피어 있는 꽃 향기에 취해서도 안 된다
낮은 데로 낮게 흘러야 한다
허파에서 바람을 빼고 뼛속을 비워야 한다
바다로 간다는 꿈도 버려야 한다
지금 흘러가고 있다는 생각조차 지워야 한다

* '환희' – 불교에서 몸의 즐거움과 마음의 기쁨을 통틀어 이르는 말

포옹

너의 전부를 알기 위하여
너의 껍질을 벗기고 속살을 헤집었다, 드디어
너의 살 속으로 들어갔다고 생각했지만
겨우 너의 경계선에 가닿았을 뿐이다
겨우 너의 속껍질을 매만졌을 뿐이다, 이제
겨우 너의 속살을 태우는 뜨거운 피를 느꼈을 뿐이지만

너의 속살이 십이월의 문풍지처럼 떨렸을 때
너의 몸이 팔월의 홍수처럼 뒤엉켰을 때, 억겁이 지난 후
너의 경계선이 내게서 벗어났을 때, 나는 알았다
너의 살 속으로 들어갈수록 너를 알 수 없게 된다는 것을

네가 나의 전부를 알고 싶어 한다는 것을, 그 욕망으로
네가 일시에 울리는 천 개의 방울종을 매달고 있다는 것을
네가 일시에 전율하는 천억 개의 세포로 이루어졌다는 것을
네가 나와 다른 새로운 종의 포유류라는 것을
네가 이 우주에 하나뿐인 대체불가능한 존재라는 것을

너의 방울종 하나에 내 손가락이 가닿으면
너의 천 개의 종이 일시에 울린다는 것을, 그 울림으로
너의 천억 개의 세포가 일제히 깨어난다는 것을

새해 일출

바다 저편 천길 낭떠러지를 거슬러
붉은 항아리가 불쑥 이마를 내밀고 올라온다
항아리에서 흘러넘친 쇳물이 파도를 이루고
쇳물이 밀어낸 물결은 바닷가 모래밭에 가닿아
잠자는 모래알들을 일일이 깨운다, 이내
항아리에서 쏟아져 나온 빛살이 심장에 박히어
온몸의 세포를 일시에 깨우고
모래알을 깨우던 파도는 실핏줄을 타고 올라와
삽시간에 온몸의 혈관을 빛물로 적신다
한순간 빛살이 온 대지를 불태우는 잠시
바다 저편 천길 절벽마루에서는 봉황 한 마리가
항아리를 깨고 나와 기지개를 켜고는
쇳물에 젖은 날개를 털고 날아 오른다
부활이다, 첫날이다, 새로 태어난 첫 아침이다
이제 녹슨 어제를 녹인 쇳물을 털어내고
날자, 날아오르자
파도를 박차고 바다로 달려가자

숨 막히게 껴안다

달아나는 기억들
달려오는 시간들
삶은 바람이 지나가는 시간이다
어제도 내일도 시간이 아니다
시간은 지금 이 순간뿐

삶은
숨을 쉬고 있는 시간이 아니라
숨이 막힐 정도로 벅찬
순간이다

산다는 것은
모든 지금 이 순간을
가슴 벅차게
껴안는 것이다
그것이 비록
한 줌의 바람일지라도

종이배

흰 물결 살랑거리는 강가에
제 그림자를 보려고 물속으로 허리를 구부린
푸른 나무가 있었지
바람이 신호를 보내자 나무는
제 살 속에서 가장 붉게 빛나는 꽃잎들을
물속 제 그림자 위로 떨어뜨렸지
바람이 숨을 삼키고 지켜보는 동안
꽃잎들은 눈송이보다도 가볍게
물결 위로 내려앉았지, 너는 하루쯤 늦게
내 가슴에 내려 안겼고
그렇게 우리는 두 개의 꽃잎으로 만났다

첫 입맞춤을 인류문화유산에 새기기 위해
우리는 흰 종이배에 돛을 올리고
다만 앞으로 나아갔지
바람의 심술로 풍랑을 만났을 때는
더 깊게 서로를 껴안고
서로의 살 속에 파고 들어가려고 몸부림쳤지
천둥과 번개가 으르렁거릴 때는
돛대 끝에 매단 깃발 속에서
뼈와 살이 타는 밤을 보내곤 했지

이제 우리는 적멸의 바다에 이를 것이다
묻지도 않고 강물에 던져진 꽃잎처럼

삶이란 목적지는 있으나 목적이 없는 여행
돛단배는 바람의 손짓 따라 흘러갈 뿐
종착지는 있으나 정해진 항로는 없는 법

내일 적멸의 바다에 이르면
바람 따라 걸어왔던 길들은 파도에 파묻히고
우리의 첫 입맞춤을 매단 돛대도
심연의 포말로 부서지겠지
바람의 붓으로 내 생을 기록하던 그림자도
나와 함께 적멸에 들겠지

우리가 적멸의 바다에 든 이후에도 바람은
강가의 푸른 나무에 신호를 보내고
물 위에 떨어진 꽃잎들의 입맞춤을 지켜보겠지
흰 돛을 단 그들의 종이배를 목적지로 이끌 뿐
목적을 일러주지는 않겠지

적멸의 바다에 이르러서야 그들은
알게 되겠지, 서로를 껴안는 것
서로를 안고 바람의 노래를 부르는 것
그것만이 존재의 목적이라는 것을
그것만이 바람에 꽃잎이
차가운 물위로 낙하하는 이유라는 것을

그 사람

살면서 내가 가장 많은 상처를 준 사람은
내가 가장 사랑하는 사람이었다

살면서 내가 가장 깊은 상처를 준 사람은
내 옆에 가장 가까이 있는 사람이었다

내가 죽었을 때 가장 슬퍼한 사람은
내가 가장 깊고 많은 상처를 준 사람이었다

아아 그 사람,
그 사람은 나를 가장 사랑한 사람이었다

순간은 영원과 같다

너를 만난 첫 입맞춤
그 순간이
영원이 될 거라 믿었다

너와 헤어져 뒤돌아서는
그 순간이
영원이 될지는 몰랐다

머물지 않는 바람을 보면서
이제야 깨닫는다
지금 이 한순간에
영원을 걸어야 한다는 것을

순간을 영원처럼
영원을 순간처럼

가끔 위험한 남자

제 4 부

바람처럼
불꽃처럼

지금은 사랑할 때

숨을 내쉴 때와
들이쉴 때가 있듯이
삶의 순간에는
저마다 때가 있다

사랑에도 때가 있다
숨을 쉬고 있는
지금은
사랑할 때

들숨에 너의 사랑을 마시고
날숨엔 나의 사랑을 내준다
숨이 생존이라면 사랑은
실존實存

사랑에 취하지 않고 살아갈 수 있을까

술을 마시지 않는 사람은
술맛을 모른다
술을 마시고도 취하지 않는 사람은
삶의 맛을 모른다
살아있지만 삶에 취하지 않는 사람은
삶의 참맛을 모른다

사람을 만나면서도
사람에 취하지 않는 사람은
사랑을 모르는 사람이다
삶의 맛을 모르는 사람이다
삶이 곧 사랑이라는 걸
애써 잊은 사람이다

삶에 취하지 않고 사랑할 수 있을까
사랑에 취하지 않고 살아갈 수 있을까

기적

기적은 하늘을 나는 것이 아니다
바다 위를 걷는 것도 아니다
지금 이 순간
이 땅을 걷고 있는 것이다

놀랍지 아니한가, 경이롭지 아니한가
수천억 개의 별 중에서
꽃이 피는 오로지 한 별, 이 지구별에서
지금 내가 너의 손을 잡고
걸어가고 있다는 것이,
지금 저 꽃들이
우릴 바라보고 있다는 것이

당신을 보았다

당신을 처음 만나고부터 나는
언제나, 모든 것에서 당신을 보았다
바람의 향기 속에서도
아직 입술을 열지 않은 꽃망울 속에서도
당신을 찾아낼 수 있었다
하지만 그 무엇도, 어떤 것도
내 안의 당신의 부재를 채워주지 못했다
당신을 대신하는 것은 다만
갈증뿐이었다

당신과 헤어진 뒤 나는
언제나, 모든 것에서 당신을 보았다
비와 바람의 샛길에서도
이미 망울을 터트린 꽃들 속에서도
당신을 볼 수 있었다
하지만 그 무엇도, 어떤 것도
당신의 빈자리를 채워주지 못했다
당신을 대신하는 것은 다만
그리움뿐이었다

아내에게 바치는 노래
– 회갑을 맞은 당신에게 –

더 늙기 전에
더 늦기 전에
당신에게 노래를 바치고 싶습니다
가슴에 묻어두고 차마 꺼내지 못했던
나의 노래를

당신을 처음 만난
그때 그 느티나무 아래를 시작으로
지금까지 우리가 함께 걸어온 발자국들을
처음부터 하나씩 찾아다니며
당신의 미소가, 우리의 웃음이
머문 그 자리에서
당신의 눈물이, 우리의 한숨이
서린 그곳에서
당신에게 못다 한 노래들을 한 곡씩
부르고 싶습니다

처음 맞잡은 손을
우리가 지금도 꼭 잡고 있는 것처럼
그곳에는 아직도
우리의 웃음소리가 맴돌고 있겠지요
그 자리엔 아직도
우리의 눈물자국이 새겨져 있겠지요

그날을 위해, 그 순간을 위해
늦바람으로 배운 기타를 치면서
이젠 미소가 시들어버린 당신의 입술에
이젠 눈물마저 메마른 당신의 눈동자에
내 사랑의 노래를 바치고 싶습니다
더 늦기 전에
더 늙기 전에

마중

– 엄마가 딸에게 –

울지 마라, 혼자 울지 마라
살아보니까 살아지더라
살다보니까 사랑이더라

사랑 없이도 살아질 수 있지만
사랑 없이는 살아갈 수 없더라
구름은 바람 없이 가지 못하고
사람은 사랑 없이 살 수 없단다

바람이 불어오지 않으면
구름이 바람을 불러오듯이
사랑이 내게 오지 않으면
내가 먼저 달려가야 한단다

늙어 감에 대하여

오늘 시월 마지막 날이라고
내일 찬바람이 불면 땅에 떨어질
낙엽이라 부르지 마라
낙엽이 아니다, 단풍이다
지금 하늘을 붉게 칠하고 있으니

바람 불어 떨어지더라도
그 바람을 안고 한바탕 춤을 추고는
땅을 빨갛게 물들일 테니
낙엽이 아니다, 꽃잎이다
언 땅에도 꽃물을 들일 테니

가을이 오는 소리

가을은 민들레 홀씨가
바람에 날려가는 소리로 온다
떡갈나무 씨앗이 땅에 떨어지는 소리로 온다
씨앗들이 싹 틔우기 제일 좋은 흙을 찾아
코를 부비는 소리로 온다

나무에게는 네 개의 계절이 있지만
사람에게는 봄 그리고 가을
두 개의 계절이 있다
나무의 계절은 봄부터 겨울까지이지만
사람의 계절은
가을부터 가을까지이다

가을이 오는 소리
민들레 홀씨가
산란하기 제일 좋은 흙에
입 맞추는 소리
부활의 계절 사월의 산들바람을
땅속 시월의 씨알 속에
품어 안는 소리

다시 가을이 오는 소리
가을이 가을을 부르는 소리
가을이 봄을 잉태하는 소리
씨알의 소리

바람에 물들다

밧지름해변에 물이 들고 있다
바람의 치맛자락이 천 개의 물방울을
뭍으로 밀어 올리면 파도는
잠든 모래알을 일일이 깨우고
모래는 바람구멍 난 가슴에
순백의 조가비를 안긴다

밧지름해변에 물이 들면
모래는 파도에 물들고
파도는 바람에 취해 비틀거리고
나는 너에게 물든다
파도에 파랑을, 조가비에 하양을 물들인
그 바람에 물든다

모두가 모두에게 물든 날
서로가 서로에게 취한 밤
밧지름해변은 언제나
유월이다

* 1962년 미국 노벨문학상 수상작가 존 스타인벡이 그의 소설 '불만의 겨울'
  에서 '6월은 모든 가능성을 배태하는 계절'이라고 묘사했다.

바람에 병들다

밧지름해변에서 바람에 물들 때
그냥 잠깐 스치는 눈길인 줄 알았다
그날 밤 심장에 부딪힌 천둥 때문일까
가슴에 내리꽂힌 번개 때문일까
아니면, 그것도 아니라면
바람에 물든 조가비를 함부로 만진 죄인가

순백의 조가비에 손이 닿은 그 순간부터
심장은 천둥과 번개의 소용돌이에 휩싸였다
바람은 이슬처럼 스며들어 가슴을 물들이더니
이내 고삐를 풀고 성난 파도처럼 날뛴다

밧지름해변에서 그대는 바람에 물들고 나는
그 바람에 병이 들었다
바람에 물들어 병들면 약이 없다
오직 바람뿐이다

바람을 보다

많은 시를 썼다
나무의 손바닥에도 쓰고
새의 날개에도 썼다
빗방울 사이사이에도
눈송이의 입술에도 썼다
아침 햇살의 속눈썹 위에도
별의 눈동자에도 썼다
구름의 흰 깃털 조각에도
바람의 치맛자락에도
시를 그렸다

별만큼이나 많은 시를 썼지만
시가 보이지 않았다
시의 껍질은 그릴 수 있었지만
속살은 보이지 않았다

밧지름해변에서였다
바람구멍 난 하얀 조가비를 그대가
내 손바닥에 올려 놓았을 때
조가비 구멍으로 바람의 치맛자락을
들여다보았을 때 비로소
시가 보이기 시작했다

조가비의 파란 눈동자 속에
바람이 보입니다, 바람을 봅니다
시가 보입니다, 시를 봅니다
당신이 보입니다, 당신을 봅니다

I 詩 You

* "I See You" – 영화 〈아바타〉에서 나비족이 상대방에 대한 공감과 사랑을
  표현할 때 자주 사용한 말로 '영혼의 깊은 교감'을 의미한다.

바람이 나를 흔들어 그대를 물들이면

그대가 나를
그리워하는 것은
내가 그대를
보고 싶어 하기 때문이다
그대가 나를
보고 싶은 것은
내가 그대를
그리워하는 까닭이다

바람이다
지금 그대의 가슴에
물드는 바람은
방금 내 가슴을 흔들던
그 바람이다
바람이 스칠 때마다
나는 그대가 보고 싶다
바람이 불 때마다
나는 그대가 그립다

바람이 나를 흔들어
그대를 물들이면
우리는 서로의 품 안에서
천년의 꿈을 꾸리라

꽃 속의 꽃

산다는 것은
나를 비워 세상을
꽃으로 채우는 것이다

세상이 꽃밭이 되면
비로소 내가
한 송이 꽃이 될지니

너는 나의 세상
나를 비워 너를 꽃으로 채우면 내가
꽃 속의 꽃이 되리니

꽃별

저리도 많은 별들 중에
꽃이 피는 별은 단 하나
네가 숨 쉬고 있는 지구별

이웃 별들은 우리 별을
외로운 꽃송이라 부른다지만
꽃은 외롭지 않아
꽃이니까

꽃 속에 꽃이 있고
꽃과 함께 꽃이 있고
너도 있고
나도 있어

꽃바람

꽃길은 꽃이 핀 길이 아니다
꽃이 길 위에서 길을 잃었을 때
제 스스로 낸 길이다
꽃이 바람을 흩뿌리며 열어나간
꽃의 길이다

바람에게도 길이 있다
바람이 지나가는 길이 아니다
구름들의 장난에 길을 잃었을 때
바람 스스로 헤쳐나간
바람의 길이다

꽃이 필 때는 바람이 분다
꽃바람이다
꽃길에 부는 바람은 그냥
스쳐 지나가지 않는다
꽃이 길을 낼 때 바람이 손잡고
길을 열어간다
꽃과 바람의 길이다
그래서일까

바람 속에는 꽃의 향기가 있다
꽃에서는 바람의 향기가 난다

겨울바다

삶이 힘들고 지칠 땐 겨울바다에 서라
하늘을 하얗게 비우고 빈 하늘을
다시 파랑 물감으로 색칠하는 바다
적막한 바다에 숨겨진 숭어떼의 춤사위
파도의 치맛자락에 움트는 꽃씨 한 알

삶이 힘들다고 삶을 아끼지 마라
겨울바다처럼 다 쓰고 다 버려라
삶의 전부를 채우고 전부를 비워라
희망을 버리고 절망을 다 써라

삶에 지칠 때는 겨울바다에 서서
욕망하는 파도를 보라
제풀에 꺾여 절망 아래로 가라앉았다가도
다시 일어나 기어이 꽃망울을 터트리는
저 파도를 보라

언제 삶에 너의 전부를 내어준 적이 있느냐
언제 삶에 너의 전부를 불태운 적이 있느냐
삶의 소용돌이 속에서 혼자라고 느낄 때
이제 삶이 보이지 않고, 너조차 보이지 않을 때
전부를 비우고 다시 전부를 채우는
겨울, 그 바다에 서라

가끔 위험한 남자의 하루

바다 궁전에서 열 달 동안 웅크리고 있다가
처음 궁 밖으로 나왔을 때 나는
하나의 작품이었다.
숲속에서 우연히 만난 두 남녀가
피와 땀과 눈물로 만들어낸 걸작이었다.

그렇게 허락도 없이, 동의도 없이
나도 모르게 이 세상에 던져진 날부터
스무 해 동안 제품화 공정을 거쳐
비로소 인간이 되었다.
이제 인간이 되었다는 기념식도 치렀다.

성인식이 끝나자 나를 팔러 시장에 나갔다.
몇 번의 줄다리기 끝에
커다란 돈 자루를 쥔 쥔(주인)을 만났다.
쥔은 매달 돈을 세어 호주머니에 넣어주고
나는 쥔 눈 밖에 나서 밀려나지 않으려고
피와 땀과 눈물을 다 바쳤다.

그렇게 사십여 해를 상품으로 살다가
가성비가 떨어지기 시작하자 쥔은
내 호주머니에 돈을 넣어주지 않았다.
할 수 있다고, 더 잘할 수 있다고 애원해도
소용없는 일이었다.

이렇게 사람은 작품으로 태어나
제품으로 자라서, 상품으로 살아간다.
상품으로 살다가 가격이 매겨지지 않으면
덤으로 살다가 떨이로 땡처리된다.
세월은 그렇게 흘러 여기까지 왔는데
인생은 그렇게 흘러 황혼에 기우는데*
마지막 날까지 덤으로,
떨이 상품으로 살아야 하는가.

아니다, 이게 아니다.
이젠 상품으로서의 생을 끝내고
내가 나를 작품으로 만들어야 한다.
나만의 작품이 되어야 한다.
그 작품에 나의 이름을 새길 것이다.
걸작이 될 것이다.
내가 작사 작곡한 나의 노래를
내가 부를 것이다.

세월이 그렇게 흘러서
마침내 나의 노래를 마치는 날
묘비명엔 이렇게 새겨질 것이다.
가끔 위험한 남자,
불꽃처럼 살다
바람처럼 가다.

* '세월은 ~ 기우는데' – '어느 60대 노부부의 이야기' 노랫말

가끔 위험한 남자

김용만 시집

발 행 일   2024년 3월 30일
지 은 이   김용만
발 행 처   도서출판 코레드
　　　　　서울시 중구 을지로 16길 39 근화빌딩 4층
　　　　　T) 02-2266-0751 F) 02-2267-6020

ISBN 979-11-89931-86-5

값 10,000원